Jack London

RUF DER WILDNIS

TOSA

DAS LEBEN IN DER ZEIT DES GOLDFIEBERS

Die Skizze zeigt das Gebiet, in dem man nach Gold suchte.

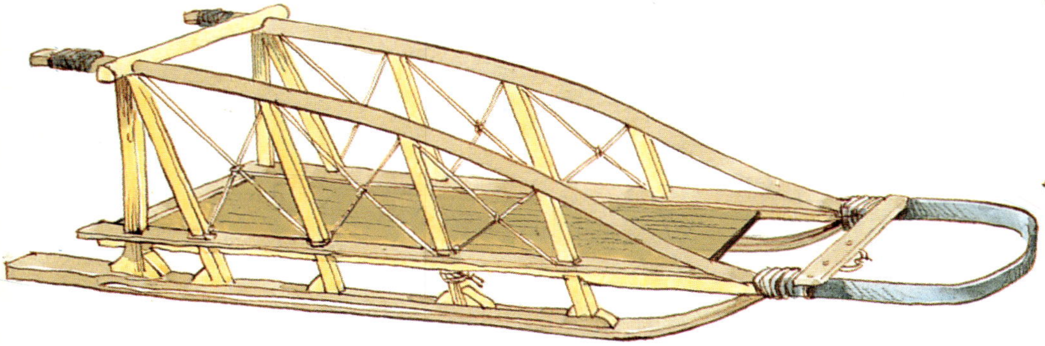

Die Goldsucher bauten sich Hütten aus Baumstämmen.

Das Fleisch wurde geräuchert, um es haltbar zu machen.

Zur Ausrüstung der Goldsucher gehörten die »washbowls«, Schüsseln, in denen man die Goldstückchen von Steinen und Sandkörnern trennte.

Ein Goldsucher schnürt sich Schneereifen unter die Stiefel. Beim Wandern auf frischem Schnee verhindern sie das Einsinken.

Die Indianer lebten im Wigwam.

Das Gerüst aus Holzstangen wurde mit Fellen, Rinde oder Gras verkleidet.

DER AUTOR: JACK LONDON

Jack London wurde am 12. Januar 1876 in San Francisco geboren.

Noch bevor der kleine Junge zur Welt kam, hatte sein Vater, der sich als Astrologe durchschlug, die Mutter verlassen. Später heiratete sie einen armen Lebensmittelhändler, der Jack adoptierte.

Seine Kindheit war nicht glücklich. Sehr früh ging er von zu Hause fort, um durch die Welt zu ziehen.

Er übte alle möglichen Berufe aus: Matrose, Robbenjäger, Wäschereiarbeiter, Austernzüchter, Goldsucher . . .

Doch während dieses unsteten Lebens fand er immer Zeit zu lernen, zu lesen, soviel er konnte. Auf diese Weise eignete er sich eine große Bildung an.

Die Gedanken der Sozialisten begeisterten ihn, doch auch von der Idee der Macht fühlte er sich angezogen. Er hatte Mitleid mit den Armen und strebte nach Reichtum, durch den er frei und glücklich zu werden hoffte.

Als knapp Zwanzigjähriger kehrte er in seine Heimatstadt zurück und begann für die Zeitungen von San Francisco zu schreiben. Seine Erzählungen fanden großen Anklang beim Publikum. So wurde er bald ein bekannter Schriftsteller und Journalist.

Als Korrespondent berichtete er während des Burenkrieges aus Transvaal und während des Russisch-Japanischen Krieges aus der Mandschurei.

Im Laufe von 16 Jahren schrieb er etwa 50 Romane, die ihn reich und berühmt machten: Seine Werke brachten über eine Million Dollar ein, die er bis zum letzten Cent ausgab.

Ein Brand zerstörte das prächtige Schloß, das er sich bauen ließ, noch bevor die Arbeiten abgeschlossen waren. Daraufhin kaufte er sich eine wunderschöne Farm in Kalifornien.

Im Jahre 1913 waren seine Romane bereits in elf Sprachen übersetzt worden, und er galt als einer der beliebtesten und reichsten Schriftsteller der Welt. In Wirklichkeit aber war er ein romantischer, einsamer und tragisch veranlagter Mann. Im Alter von erst 40 Jahren nahm er sich 1916 das Leben.

Einige seiner Werke begeisterten vor allem die jungen Menschen in aller Welt. Zu diesen zählen »Martin Eden«, die Geschichte vom Aufstieg eines Schriftstellers, die viele Züge seines eigenen Lebens trägt, »Wolfsblut«, »Der Seewolf« und »Ruf der Wildnis«, Jack Londons erster großer Erfolg aus dem Jahre 1903. Noch heute werden diese Bücher in allen Sprachen immer wieder neu aufgelegt.

DIE ENTFÜHRUNG

Buck war ein Hund und las keine Zeitung. Sonst hätte er gewußt, daß allen Hunden, die wie er starke Muskeln und ein dichtes Fell hatten, schlimme Zeiten bevorstanden.

Hoch oben im eisigen Norden Kanadas hatte man Gold gefunden. Aus allen Teilen der Welt reisten nun Goldsucher ins Nordland, und um in diese wilden Gegenden einzudringen, brauchten sie Schlittenhunde.

Buck war in Kalifornien geboren worden und hatte seine ersten vier Lebensjahre auf der Farm Millers, seines Herrn, verbracht.

Sein Vater war ein riesiger Bernhardiner, seine Mutter eine schottische Schäferhündin. Von seinen Eltern hatte Buck Stärke und Klugheit geerbt.

Kein Gramm Fett bedeckte seine kräftigen Muskeln, denn er war immer im Freien und ging oft mit Miller auf die Jagd. Alle auf der Farm liebten ihn.

So dachte er an nichts Böses, als der Gärtnergehilfe Manuel ihn eines
Abends an die Leine nahm und ihn durch düstere, menschenleere Straßen bis
zum Bahnhof führte. Dort wartete ein Mann auf sie.

Manuel übergab ihm den Hund, steckte Geld ein und eilte fort, während der
Unbekannte Buck einen Strick um den Hals legte.

Buck knurrte, um zu zeigen, daß er damit keineswegs einverstanden war,
und sofort zog sich die Schlinge fester um seinen Hals. Voller Wut wollte er sich
auf den Mann stürzen, doch dieser versetzte ihm einen Hieb und riß so heftig an
dem Strick, daß er Bucks Kehle einschnürte. Seine Kräfte schwanden. Er hörte
einen Zug einfahren, wurde in den Gepäckwagen geworfen und verlor das
Bewußtsein.

Als er wieder zu sich kam, stand der Fremde vor ihm. Gleich wollte er wieder nach der Schlinge greifen, da schlug Buck seine Zähne tief in die Hand des
Mannes. Zur Strafe wurde er in eine Art Käfig gesperrt.

Während der Reise, die mehrere Tage dauerte, bekam Buck nur ein Stück
trockenes Brot zu fressen und etwas schmutziges Wasser zu trinken.

Dann luden vier Männer vorsichtig den Käfig aus dem Zug und trugen ihn in einen Hof. Dort wartete ein großer, kräftiger Mann mit einem Stock ... Buck spürte, daß er ein Feind war.

Mit gesträubtem Fell und gefletschten Zähnen sprang er ihn an. Doch der andere schwang den Knüppel und traf Buck mit solcher Gewalt, daß der Hund zu Boden taumelte.

Als der Schmerz nachließ, griff Buck von neuem an, und wieder warf ihn ein furchtbarer Schlag nieder. Schließlich hatte er nicht mehr die Kraft, aufzustehen.

Blutüberströmt und zitternd blieb er liegen. Er begriff, daß er besiegt worden war. So stark er auch war, gegen einen Mann mit einem Stock konnte er nichts ausrichten.

Ein neues Leben beginnt

Wenig später zeigte ein kleiner, magerer Mann namens Perrault auf Buck und sagte: »Das ist der richtige Hund für mich!« Er griff zum Portemonnaie, und kurz darauf wurde Buck gemeinsam mit Curly, einer Neufundländerin, auf ein großes Schiff geführt, das in nördlicher Richtung den Hafen verließ.

Auf Deck trafen Buck und Curly noch weitere Hunde an: Einer, ein großes, weißes Tier, hieß Spitz; der andere war Dave, ein düsterer, verschlossener Hund, der sich um nichts und niemanden kümmerte.

Perrault reiste mit François, einem riesengroßen, stämmigen Mann mit beinahe schwarzer Haut. Er war ein einfacher, ehrlicher Mensch.

Buck mochte weder Perrault noch François, doch er respektierte sie. Er fragte sich, was sie von ihm verlangen würden. Unterdessen fuhr das Schiff immer weiter nach Norden, und jeden Morgen war die Luft kälter.

Endlich waren sie am Ziel angekommen; die Hunde gingen an Land, und Buck sah mit Staunen, daß der Boden weiß war: Eine Art von hellem Schlamm bedeckte ihn, und etwas Kaltes, Weiches fiel vom Himmel: Schnee!

So viele und so wilde Hunde wie hier hatte Buck noch nie gesehen. Man mußte ständig auf der Hut sein. Was dann geschah, ließ Buck erkennen, in was für einer Welt er von nun an leben würde.

Curly, die eine gesellige Hündin war, wollte mit einem Husky, einem kräftigen Eskimohund, Freundschaft schließen.

Doch dieser ärgerte sich über ihren Annäherungsversuch, und mit einem einzigen Biß riß er Curlys Schnauze auf.

Ein kurzer Kampf folgte. Buck beobachtete erstaunt, wie etwa 40 Huskies einen Kreis um die beiden Gegner bildeten. Curly verteidigte sich mutig, doch bald wurde sie zu Boden geschleudert.

Die Huskies warfen sich auf sie und zerfleischten sie kläffend. Da kam Perrault mit einem Stock.

Die Hunde liefen auseinander, doch es war schon zu spät. In diesem Land gab es kein Erbarmen; wer einen Fehler machte, war erledigt.

Daß er Spitz grinsen sah, machte diese Erfahrung noch schrecklicher für Buck. Er lachte aus Schadenfreude über Curlys Tod ... Von diesem Tag an haßte Buck Spitz.

Am nächsten Morgen legte François Buck ein Geschirr an und spannte ihn vor einen mit Holz beladenen Schlitten.

Sehr bald kannte er die Befehle: Bei »Brr!« mußte er stehenbleiben und bei »Hü!« ziehen.

Er lernte, sich nach den Bewegungen des Hundes zu richten, der vor ihm lief, und die des Hundes hinter ihm zu unterstützen. Weitere Hunde stießen zum Gespann.

Dann kam die Nacht; sie brachte Stille und beißende Kälte. Die Männer verkrochen sich ins Zelt, die Hunde blieben draußen.

Vor Kälte zitternd, versuchte Buck, ins Zelt zu kriechen. Fluchend jagten Perrault und François ihn hinaus.

Er irrte in der verschneiten Landschaft umher, suchte nach einem Unterschlupf und fand keinen. Die Kälte beutelte ihn wie eine grausame Hand. Sollte er denn erfrieren?

Plötzlich gab der Schnee unter seinen Pfoten nach, und ein Abgrund schien den erschrockenen Buck verschlingen zu wollen. Doch er fiel nur einen halben Meter tief und spürte die Nähe eines anderen Hundes. Kampfbereit knurrte er ... und ein freundliches Kläffen war die Antwort.

Eine angenehme Wärme strömte zu ihm. Dort, im Schnee zusammengerollt, lag Billie. Er schützte sich vor der Kälte, indem er ein Loch in den Schnee grub und hineinkroch.

Buck sprang hinaus und machte sich gleich daran, mit den Pfoten ebenfalls ein Loch zu graben, in dem er sich zusammenkauerte und einschlief.

Das harte Gesetz des Überlebens

Bald zog Buck, zusammen mit den anderen Hunden angeschirrt, den Schlitten. Jetzt ging es nicht mehr darum, Holz zu tranportieren. Als Kuriere der kanadischen Regierung mußten Perrault und François eine weite Reise unternehmen, um wichtige Nachrichten zu den im großen arktischen Winter verstreuten Dörfern und Gehöften zu bringen.

Eis und harter Schnee bedeckten das Gelände; nur mühsam kamen sie voran.

Doch während er in den eisigen Norden vordrang, wurde Buck immer stärker.

Er lernte, das Eis aufzubrechen, um Wasser trinken zu können; sein Sehvermögen, Geruchssinn und Gehör entwickelten sich auf wunderbare Weise. Er lernte sogar, zu stehlen. Die Tagesration von gedörrtem Fisch, die die Hunde erhielten, war knapp, und man mußte sich zu helfen wissen. Wichtig war nur, sich dabei nicht von den Menschen erwischen zu lassen. Und was die Gefährten betraf . . . hier im Norden gab es kein Erbarmen. Wer schwach war, mußte untergehen.

Buck lernte, sich durchzusetzen. Langsam erwachte in ihm wieder die Seele des urzeitlichen Hundes, der lange Jahrhunderte hindurch frei und nicht Sklave des Menschen gewesen war.

Spitz war der Leithund, doch Buck war stärker und intelligenter als er. Es war nur natürlich, daß die beiden anfingen, sich mit Mißtrauen zu betrachten.

Zu einer ersten Auseinandersetzung kam es, als Spitz sich bei einer Rast während der weiten Reise in das Loch legte, das Buck sich gerade gegraben hatte. Die beiden Hunde stürzten sich aufeinander, und so, mit gefletschten Zähnen, schossen sie aus dem Loch empor und begannen, sich im Schnee zu wälzen.

Ein unerwartetes Ereignis beendete den Streit: Plötzlich kamen mindestens 100 magere, hungrige Huskies aus dem Wald und drangen in das Lager ein. Ihr wütender Hunger hatte sie verwegen gemacht.

Sie hatten den Proviant gerochen und waren aus der Umgebung eines armen Indianerdorfes herbeigelaufen. Nun strolchten sie durch das Lager und wühlten in der Ladung des Schlittens.

Es gab eine große Rauferei. Dann versammelten sich die Hunde des Gespanns im Wald, und endlich trat Ruhe ein. Das Lager war verwüstet . . .

Die Reise ging weiter. Eis, das hie und da nachgab und das Leben von Menschen und Hunden gefährdete, bedeckte die Gebiete, die der Schlitten durchquerte. Mehr als einmal wäre Perrault, der vorausging, um die sicherste Route zu suchen, beinahe versunken und konnte sich mit knapper Not retten. Es war eine lange, schreckliche Fahrt durch die wilden, unwirtlichen Regionen um den Großen Lachsfluß und das Fünffingergebirge, oben im hohen Norden . . .

BUCK WIRD SIEGER

Buck hatte bald zerschundene Pfoten. Abends, wenn der Tagesmarsch hinter ihnen lag, konnte er nicht einmal mehr aufstehen, um sich eine Ration Fisch zu holen.

Perrault nähte ihm eine Art Mokassins, die er trug, bis seine Pfoten sich an das neue Leben gewöhnt hatten.

Mit der Zeit wurden seine Sohlen so hart und fest wie die der anderen Hunde.

Doch nicht nur die Anstrengung machte die Reise beschwerlich.

In den folgenden Tagen stellte Buck sich bei jeder Gelegenheit zwischen Spitz und die anderen Hunde. Aber er war schlau geworden und wartete stets ab, bis François außer Sichtweite war. In Dawson machten sie schließlich eine lange Rast. Erstaunt beobachtete Buck, wie die vielen Huskies, die sie hier antrafen, jede Nacht zu bestimmten Stunden die Schnauze

11

zum Himmel reckten und ein infernalisches Geheul anstimmten.

Nach einiger Zeit begann er, mit ihnen zu heulen. Dieser Gesang berührte ihn auf merkwürdige Weise . . .

Er weckte eine dunkle, ferne Erinnerung in ihm . . . Nach der Rast in Dawson nahm das Gespann die Wanderung wieder auf. François und Perrault erkannten an der Art, wie die Hunde liefen, daß sich etwas verändert hatte.

»Schau mal, François«, sagte Perrault, »jetzt ist mir klar, warum die Hunde so lustlos ziehen und es so scheint, als wollten sie meutern. Buck hetzt sie auf. Sieh nur, wie unruhig er ist . . . und ist dir aufgefallen, wie schlecht er heute gezogen hat?«

»Ja, ich habe es bemerkt. Buck haßt Spitz. Er ist der Leithund, und Buck möchte selbst gern der Leithund sein. Deshalb hetzt er die anderen Hunde auf.«

»Na, Buck wird schon seine Pflicht tun, zum Donnerwetter! Und wenn ich ihn mit der Peitsche antreiben muß!« rief Perrault und fügte hinzu: »Gut, schlagen wir hier das Lager auf. Wir sind jetzt schon in der Nähe des Takhenaflusses; morgen werden wir weitersehen.«

Doch alles sollte sich noch am selben Abend entscheiden. Während die Hunde sich nach ihrer Mahlzeit auf die Nachtruhe vorbereiteten, stöberten sie einen Schneehasen auf, der erschrocken floh. Bellend verfolgten sie ihn, und etwa 50 Huskies aus einem nahegelegenen Lager der Polizei schlossen sich ihnen an.

Es war eine helle Vollmondnacht. Wie ein Schatten flog der Hase über den Schnee. Buck führte die Verfolger an, er spürte eine unbändige Lebenslust, eine Freude an der Jagd, wie er sie noch nie erlebt hatte. Ohne sich dessen bewußt zu sein, kehrte Buck, wie er so dahinlief, in eine längst vergangene Zeit zurück: Er wurde wieder ein Wildhund. Da sah er plötzlich einen zweiten, größeren weißen Schatten.

Es war Spitz, der eine Abkürzung genommen hatte und nun dem Schneehasen den Weg abschnitt . . .

Spitz' Reißzähne trafen den Hasen mitten im Sprung, und er starb mit einem verzweifelten Schrei. Triumphierend kläfften die Hunde – und Buck stürzte sich auf Spitz.

Im Nu hatten die Huskies den Schneehasen verschlungen. Nun umringten sie die beiden Rivalen. Mehr als einmal wurde Buck verletzt. Er blutete . . . Noch war es ihm nicht gelungen, seinen Gegner zu verwunden. Spitz, der sich bis jetzt nur verteidigt hatte, ging nun seinerseits zum Angriff über. Die anderen Hunde beobachteten Buck und

lauerten darauf, ihn stürzen zu sehen. Wieder griff Buck an, doch statt nach Spitz' Kehle zu schnappen, brach er seinem Rivalen mit einem furchtbaren Biß das linke Vorderbein.

Spitz unterdrückte ein Schmerzensgeheul und hielt sich auf den drei übrigen Pfoten aufrecht, doch unerbittlich griff Buck von neuem an und zermalmte nun auch das rechte Vorderbein des Feindes. Spitz brach zusammen.

Einen Augenblick lang sah er die flammenden Augen, den Hauch des Atems in der Luft. Wie oft hatte er diese Szene in der Vergangenheit schon erlebt! Damals war er Sieger oder Zuschauer gewesen. Doch diesmal war er selbst der Unterlegene.

Blitzschnell verschwand Spitz unter der Masse der Hundekörper. Buck, wenige Schritte entfernt, sah zu. Er hatte gesiegt. Jetzt war er der Leithund.

Als die Hunde am nächsten Morgen ins Lager zurückkehrten, fehlte Spitz, und Buck war mit Wunden übersät.

»Wer soll jetzt das Gespann führen?« fragte Perrault ratlos.

»Solleks ist ein tüchtiger Leithund«, schlug François vor, und gleich führte er ihn an die Spitze des Zuges.

Da fuhr Buck auf Solleks los und stieß ihn grob zurück. Ruhig schauten die anderen Hunde zu.

»Geh weg, Buck! Ich will, daß Solleks an der Spitze läuft!« sagte François.

Doch Buck stürzte sich wieder auf seinen Gefährten, und als er sah, wie François die Geduld verlor und zu einem Knüppel griff, wich er mit einem Sprung zurück und kläffte wie wild.

Aber er ging nicht an seinen alten Platz. Der Platz, der ihm jetzt zustand, war seiner Meinung nach der des Leithundes. Er hatte ihn erobert und würde ihn nicht wieder hergeben.

Perrault und François waren allerdings anderer Ansicht. Mit dicken Prügeln in der Hand versuchten sie, Buck zum Gehorsam zu zwingen. Sie fluchten und schimpften . . .

»Wir verlieren zuviel Zeit!« rief Perrault nach einer guten Stunde. François zuckte seufzend die Achseln: »Dieser Buck ist wie zwei Teufel! Na, komm her, Buck, wir wollen mal sehen, was du als Leithund wert bist.« Damit spannte er Solleks aus.

Buck kam herangetrottet und überließ sich fügsam dem Mann, der ihn an der Spitze des Gespanns anschirrte. Kurz darauf gab er, mit strenger Miene und im vollen Bewußtsein seiner neuen Pflichten als Leittier, das Signal zum Aufbruch, und die anderen Hunde folgten ihm.

Noch nie hatten François und Perrault ein diszipliniertes und tüchtigeres Gespann gesehen. Bei allen Ereignissen, die Vorsicht, Entschiedenheit oder körperliche Gewandtheit verlangten, zeigte Buck sich Spitz überlegen. Niemals zuvor hatte François einen solchen Leithund gehabt. Buck verstand es auch, sich bei den anderen Hunden durchzusetzen.

Mit einem Tier wie Buck an der Spitze des Gespanns konnte man alles wagen, und Perrault beschloß, sein Ziel, die Stadt Skagway, in Rekordgeschwindigkeit zu erreichen. So begann eine unglaubliche Fahrt auf gefrorenen Flüssen, durch tief verschneite Täler und weiß glänzende Canyons.

MIT LETZTER KRAFT

Am Ende der zweiten Woche erreichte das Gespann den Weißen Paß. Als der Abstieg zur Küste begann, sahen sie endlich die Lichter der Stadt.

In Skagway wurden sie wie Helden mit Jubel empfangen. Denn noch nie hatte man erlebt, daß jemand 14 Tage lang durchschnittlich 40 Meilen am Tag zurücklegte!

Auch die Hunde wurden mit Lob überschüttet, und vor allem Buck war Gegenstand der allgemeinen Bewunderung.

Nach kurzer Zeit erhielten Perrault und François einen neuen Auftrag von der Regierung. Buck sollte

sie nicht mehr wiedersehen. Wie die anderen Menschen, denen er früher begegnet war, verschwanden sie für immer aus seinem Leben.

Ein Schotte, der für die Regierung die Post beförderte, übernahm das Gespann. Nun war es vorbei mit den Rennstrecken, den langen Etappen, dem Wettlauf mit der Zeit. Ein schwerer Postschlitten mußte in gleichmäßigem Rhythmus von einer Stadt des hohen Nordens zur nächsten gezogen werden. Buck ertrug die Anstrengung, doch er liebte diese Arbeit nicht. Gleichförmig gingen die Tage dahin.

Im Morgengrauen bereiteten die Köche das Frühstück. Dann beluden einige Männer den Schlitten, während die anderen die Hunde anschirrten. Vor Sonnenaufgang waren sie schon unterwegs. Abends hielten sie an und schlugen das Lager auf. Man schnitt Brennholz, suchte nach Fichtenästen für die Betten, trug Wasser oder Eis zum Kochen herbei.

Dann bekamen die Hunde zu fressen. Die Mahlzeit war für die Tiere das wichtigste Ereignis des Tages.

Unter ihnen waren ein paar Raufbolde, doch bald erkannten alle Bucks

Überlegenheit an, und wenn er die Zähne zeigte, wichen sie sofort aus.

Buck hielt im Gespann eine eiserne Disziplin aufrecht, und wenn ein Hund aufmucken wollte, setzte er ihm sofort den Kopf zurecht. Manchmal mußte er an Miller und sein großes Haus denken . . .

Nicht daß er den Wunsch verspürt hätte, nach Hause zurückzukehren. Die Erinnerung an das warme südliche Land war in seinem Bewußtsein verblichen, fast ausgelöscht. Manchmal, wenn er ins Feuer blickte, regte sich ein seltsames Gefühl in seinem Herzen. Ihm war, als sei er ein ganz anderer Hund . . . einer, der Jahrtausende vor ihm gelebt hatte . . .

In solchen Augenblicken vernahm Buck undeutlich eine Botschaft, die aus dem Dunkel der Zeiten zu ihm drang. Seine Vorfahren hatten einst an der Seite von Menschen, die kein anderes Gesetz kannten als das der rohen Gewalt, ein Leben harter Kämpfe und unaufhörlicher Abenteuer geführt.

Kaum hatten die Hunde das Ziel der Reise, die kleine Stadt Dawson, erreicht, mußten sie, erschöpft wie sie waren, den Rückweg antreten.

Zum Glück waren die Menschen gut zu ihnen und versuchten, ihnen die Plackerei in jeder Weise zu erleichtern.

Bei jeder Rast kümmerten sie sich zuerst um die Hunde. Sie bekamen zu fressen, bevor sich die Männer zum Nachtmahl setzten, und jeden Abend wurden ihre Pfoten sorgfältig untersucht.

Trotzdem nahmen die Kräfte der Tiere ständig ab. Fast alle hatten sie seit dem Anfang des Winters, schwere Lasten ziehend, rund 1 800 Meilen zurückgelegt.

Buck sorgte für Disziplin, doch es fiel ihm immer schwerer.

Am schlechtesten ging es Dave. Ein geheimes Leiden verzehrte ihn. Kaum war der Tagesmarsch zu Ende, grub er sich in aller Eile sein Loch in den Schnee und ließ sich hineinfallen. Er hätte nicht einmal gefressen, wenn ihn nicht einer der Männer gefüttert hätte.

Und wenn man ihn am nächsten Morgen wieder anschirrte, winselte Dave vor Schmerzen.

Die Männer merkten, wie sehr er litt. Eines Tages brach das arme

Tier unterwegs zusammen, und der Schlitten mußte anhalten.

Da löste der Schotte, der große Achtung vor den Hunden hatte, Daves Riemen und sagte: »Dave, lauf neben dem Schlitten weiter, du wirst sehen, daß es dir dann besser geht ...« Der Hund jaulte vor Kummer darüber, von seinem Platz vertrieben zu werden, und schleppte sich neben dem Gespann weiter. Ab und zu versuchte er, seinen Platz zurückzuerobern, an dem jetzt Solleks angeschirrt war.

So zogen sie eine lange Strecke weiter, bis Dave sich, vollkommen entkräftet und vor Qual winselnd, in den Schnee fallen ließ.

Der Schlitten fuhr weiter. Erst in der Nacht, als das Lager schon aufgebaut war und die Feuer brannten, gelang es Dave, seine Gefährten einzuholen. Am nächsten Morgen ging er sofort an seinen alten Platz und biß Solleks' Geschirr durch.

Seine Augen bettelten darum, ihn nicht wegzuschicken. Noch einmal untersuchten die Männer den Hund, ohne erkennen zu können, woran er litt. Dann schirrten sie ihn an.

»Der Arme! Lassen wir ihn wenigstens an seinem Platz sterben.«

Dave sammelte seine letzten Kräfte und zog stolz, so gut er konnte, doch manchmal ließ der Schmerz ihn aufheulen. Abends sank er in den Schnee.

Am nächsten Morgen konnte er nicht mehr aufstehen. Als er sah, daß der Schlitten zum Aufbruch bereit war, versuchte er, auf dem Bauch kriechend, seinen Gefährten zu folgen. Doch man mußte ihn zurücklassen.

Seine Klauen durchfurchten den Schnee, er kämpfte vergebens ... Daves verzweifeltes Geheul tönte durch die kalte Luft.

Dunkel im Gesicht vor Kummer, ließ der Schotte kurz darauf anhalten. Er nahm die Pistole und ging den Weg zurück, auf den Wald zu, hinter dem der arme Dave im Schnee liegengeblieben war. Buck und die anderen Hunde warteten regungslos.

Ein Schuß fiel. Der Schotte kehrte zurück. »Hü!«

Die Peitsche knallte, die Glöckchen klingelten, die Hunde begannen zu ziehen, und der Schlitten glitt wieder auf der Spur dahin. 30 Tage nach ihrer Abreise aus Dawson erreichten sie endlich Skagway.

Das Hundegespann war in einem erbarmungswürdigen Zustand.

Als sie in die kleine Stadt einfuhren, zogen die Tiere nur noch mit Mühe die schwere Last. In weniger als fünf Monaten hatten sie 2 500 Meilen zurückgelegt . . . Sie hätten eine lange Ruhezeit gebraucht, um sich von der übermäßigen Anstrengung zu erholen. Doch nach nur drei Tagen wurden die Hunde verkauft.

Buck begriff, daß der Schotte bald aus seinem Leben verschwinden würde, ebenso wie vorher François und Perrault.

Und obwohl er keine besondere Zuneigung zu ihm gefaßt hatte, spürte er, daß diese neue Trennung ihm Unglück bringen würde . . .

Neue Herren

Die neuen Herren, zwei Männer und eine Frau aus den Vereinigten Staaten, wollten sich so bald wie möglich auf den Weg machen, ohne Zeit zu verlieren.

»Paßt auf«, sagte der Schotte zu ihnen, »das sind gute Hunde, aber sie sind erschöpft. Laßt sie sich ausruhen, dann bringen sie euch, wohin ihr wollt.«

Die beiden Männer, die Hal und Charles hießen und sich als erfahrene Pioniere des Nordens aufspielten, gaben zur Antwort:

»Danke, das ist jetzt unsere Sache, mischen Sie sich nicht ein!«

Kaum wurde Buck in das neue Lager geführt, merkte er, daß die drei rein gar nichts über den Norden wußten. Sie hatten keinen Schimmer davon, wie man ein Lager aufbaut, wie man einen Schlitten packt oder durch die weiten, einsamen Landstriche reist.

Die junge Frau, die mit den beiden Amerikanern reiste, hieß Mercedes.

Tabak kauend, sahen einige alte Reisende dem Trio bei seinen Reisevorbereitungen zu. Alle sahen, daß der Schlitten viel zu hoch beladen und schlecht gepackt war.

»He«, sagte einer von ihnen, »ihr habt zuviel Gepäck. Sobald die Hunde anziehen, wird alles herunterfallen.«

»Ihr werdet doch nicht mit so übermüdeten Hunden losfahren wollen? Man sieht doch genau, daß sie es nicht schaffen können!« meinte ein anderer.

Doch Hal ließ die Peitsche knallen und trieb die Hunde an. Die armen, abgearbeiteten Tiere kamen nicht vom Fleck.

So sehr sie sich auch anstrengten, sie konnten den schweren Schlitten keinen Zentimeter fortbewegen.

Da schlug Hal unbarmherzig mit der Peitsche auf sie ein. Der Schlitten rührte sich nicht. Er steckte im gefrorenen Schnee fest. Mißbilligend schüttelten die Umstehenden den Kopf.

Buck und die anderen Hunde zogen unterdessen, so fest sie konnten, die Bäuche an die Erde gepreßt, im verzweifelten Bemühen, voranzukommen.

Endlich brach jemand den Schlitten los, und er kam ins Gleiten. Doch 100 Meter weiter fiel der Weg steil zur Hauptstraße ab, und nur ein erfahrener Reisender wäre in der Lage gewesen, den überladenen Schlitten im Gleichgewicht zu halten.

In der Kurve kippte er um. Töpfe, Zelt, Decken, Schneereifen, Geschirr und der ganze Kram, den die Leichtsinnigen mitschleppten, fielen auf die Straße.

Flüche und Gelächter waren zu hören. Endlich ließ das Trio sich überzeugen, die Ladung zu halbieren.

Ohne den Hunden eine Verschnaufpause zu gönnen, machten sie sich gleich wieder auf den Weg. Sie wollten unbedingt so schnell wie möglich Dawson erreichen.

Während das Gespann sich entfernte, spuckte ein alter Pionier auf den Boden und brummte: »Ich wette, daß die nicht nach Dawson kommen!«

Es war eine schreckliche Fahrt. Buck spürte, daß auf die drei kein Verlaß war. Sie waren richtige Nichtsnutze.

Ihr Handeln war ohne jede Ordnung, Energie oder Disziplin.

Manchmal schafften sie es nicht einmal, morgens aufzubrechen, oder sie fuhren so spät los, daß sie auf halbem Weg die Dunkelheit überraschte.

An manchen Tagen stopften sie die Hunde mit Futter voll, an anderen ließen sie sie hungern. Als schließlich die Vorräte zur Neige gingen, halbierten sie die Tagesration, verlangten dabei aber, daß die Tiere genausoviel leisteten wie vorher.

Trotz allem ging die Reise weiter. Hal, Charles und Mercedes stritten in einem fort, und die Leidtragenden waren die Hunde. Unerbittlich ging die Peitsche auf sie nieder.

Buck tat stets seine Pflicht als Leithund und zog, so gut es seine nachlassenden Kräfte erlaubten. Er lebte wie in einem Alptraum und spürte mit Gewißheit, daß diese Reise böse enden würde.

Charles, Hal und Mercedes wanderten dem Tod entgegen, dessen war Buck sicher. Und mit ihnen würden die Hunde sterben müssen.

Nach einigen Wochen waren sie zu Skeletten abgemagert, auf denen struppiges, zerschundenes Fell hing.

Vogelgesang und die Rufe der Eichhörnchen erfüllten die Wälder; hoch oben am Himmel strahlte die Sonne. Inmitten der Schönheit des erwachenden Frühlings ging die entsetzliche Fahrt weiter.

Endlich erreichten sie John Thorntons Lager am Ufer des Weißen Flusses. Thornton war ein mächtiger, rauher Mann, der in der Arktis sein Glück suchte. Kopfschüttelnd betrachtete er das übel zugerichtete Gespann. Für Charles und Hal hatte er kein Lächeln, keinen freundlichen Blick.

»Was wollen Sie?« fragte er.

»Zeigen Sie uns die beste Route nach Dawson. Wir haben vor, auf dem Fluß weiterzugehen, der ja in dieser Jahreszeit noch zugefroren ist.«

»Nein, auf dem Fluß können Sie nicht gehen. Das Eis kann von einer Sekunde zur anderen brechen«, erwiderte Thornton.

»Ach, das sagen alle! Wenn es nach Ihnen ginge, müßten wir schon längst tot sein!«

»Machen Sie, was Sie wollen! Wer sich im Frühling auf den Fluß wagt, ist ein Narr.«

»Wir müssen unbedingt schnell nach Dawson, deshalb fahren wir auf dem Fluß. Los geht's, hü!«

Die Peitsche knallte, aber die Hunde rührten sich nicht.

Vollkommen entkräftet waren sie in den Schnee gesunken.

Heftiger schwang Hal die Peitsche, er schrie und fluchte. Einige Hunde versuchten unter den Schlägen vergeblich, sich aufzurichten. Buck blieb regungslos. Da schlug Hal wütend auf ihn ein.

Buck blieb liegen. Er hatte beschlossen, sich nicht vom Fleck zu rühren, und wenn man ihn umbringen würde.

Rasend vor Zorn, packte Hal einen Knüppel. Buck wollte nicht gehorchen? Gut, dann würde er ihn eben totschlagen! So würden die anderen Hunde lernen, zu . . .

»Schluß!« Mit einem Sprung ging Thornton auf Hal los und schob ihn grob zur Seite. »Wenn du den Hund noch einmal prügelst, bring ich dich um!«

»Das ist mein Hund, und ich kann mit ihm machen, was ich will!« gab Hal zurück.

Damit zog er sein Messer aus dem Gürtel und setzte eine bedrohliche Miene auf.

Doch Thornton reagierte schnell: Ein Schlag mit dem Axtgriff, an dem er gerade gearbeitet hatte, und das Messer fiel in den Schnee.

Thornton hob es auf und schnitt Bucks Riemen durch. »Diesen Hund schlägst du nicht tot!« sagte er.

Schweigen trat ein.

Endlich gelang es Hal, die Hunde zum Aufstehen zu bewegen und das Gespann wieder anzuschirren. Buck blieb unbeweglich liegen, während der Schlitten sich entfernte.

Er verspürte keine Lust, seinen Gefährten zu folgen.

Thornton beugte sich über ihn und tastete vorsichtig seinen Körper ab, um nach Knochenbrüchen zu suchen. Aber das Tier war nur verwundet und abgemagert.

Der Schlitten zog unterdessen auf dem zugefrorenen Fluß dahin. Er hatte vielleicht eine halbe Meile zurückgelegt, da versank er.

Sie hörten Schreie und das Knistern des brechenden Eises.

In Sekundenschnelle versank alles im tiefen Wasser.

Thornton und Buck sahen einander an.

»Du bleibst bei mir!« sagte der Mann. Und Buck leckte ihm die Hand.

So begann er, mit John Thornton in der Hütte am Ufer des Weißen Flusses zu leben. John hatte sich im Winter die Füße erfroren.

Seine Gefährten hatten ihn mit zwei Hunden und ausreichenden Vorräten in der Hütte zurückgelassen und ihn gebeten, in Ruhe auf sie zu warten.

Dann waren sie flußaufwärts weitergezogen, um Baumstämme für ein Floß zu suchen, mit dem sie ihn abholen würden, um gemeinsam nach Dawson zu fahren.

Als Buck zu ihm kam, hinkte John noch ein bißchen, aber je weiter der Frühling vorrückte, desto besser ging es ihm.

Lange Stunden lag der Hund neben ihm am Ufer und schaute ins blaue Wasser. Glücklich hörte er seinem Rauschen und dem Gesang der Vögel in den Wäldern zu.

Die Ruhe tat ihm gut, allmählich kehrten seine Kräfte zurück. Es war schön, so müßig dahinzuleben.

Mit John warteten seine beiden Hunde, Skeet und Nig.

Skeet, eine kleine irische Vorstehhündin, wurde bald eine treue Freundin des Neuankömmlings. Jeden Tag leckte sie Bucks Wunden. Nig war zurückhaltender, aber auch er schloß bald Freundschaft mit Buck. Er hatte schwarzes Fell und ein heiteres Gemüt.

Keiner von Johns beiden Hunden zeigte sich jemals eifersüchtig gegenüber Buck. Sie nahmen ihn auf, als habe er schon immer dazugehört.

Buck wunderte sich darüber, daß Skeet und Nig ihn nicht haßten. Doch John war ein wunderbarer Mensch und der ideale Herr für seine Hunde.

Er behandelte sie, als wären sie seine Kinder; er sprach mit ihnen und ließ sie an Freude und Schmerz teilhaben. Ab und zu nahm er Bucks Schnauze zwischen seine beiden Hände, lehnte seine Stirn an die des Hundes und flüsterte ihm Schimpfworte ins Ohr. Sie klangen wie zärtliche Koseworte, und Johns Stimme war voller Wärme und Zuneigung.

Noch nie hatte Buck jemanden so gern gehabt wie ihn.

»Buck, dir fehlt nur die Sprache!« sagte John, und Buck faßte seine Hand mit dem Maul und drückte sie vorsichtig, bis seine Zähne sich darin abzeichneten.

Dies war seine Art, Liebe auszudrücken, und John verstand es.

Buck war jetzt vollkommen wiederhergestellt und bei besten Kräften.

THORNTONS FREUNDE

Der Aufenthalt am Weißen Fluß dauerte ein paar Monate. Dann kamen auf einem großen Floß Johns Gefährten an, die Hans und Pete hießen.

Buck beachtete sie zuerst nicht, später duldete er sie, als er merkte, daß sie gute Freunde von John waren. Ihre Liebkosungen ließ er würdig über sich ergehen. Hans und Pete begriffen sofort, wie Bucks Charakter geartet war, und bestanden nicht darauf, seine Zuneigung gewinnen zu wollen.

Nur John durfte dem Tier eine Last auf den Rücken legen oder ihm Befehle erteilen.

Buck gehorchte ihm blindlings.

Bald bestiegen die Männer mit Hunden und Gepäck das Floß, um nach Dawson zu fahren.

Buck war glücklich darüber, mit seinem geliebten Herrn reisen zu dürfen.

Er begleitete ihn in die Stadt und dann auf eine Expedition ins Landesinnere, zu den Quellen des Tananaflusses. John und seine Freunde waren auf der Suche nach Reichtum.

Buck dagegen wollte nur in der Nähe des Menschen bleiben, der sein Leben gerettet hatte und ihm alles bedeutete.

Wirklich alles. Eines Tages rasteten sie am Rande eines mehr als 100 Meter tiefen Absturzes. Einer plötzlichen Laune folgend, sagte John: »Spring, Buck!«, und zeigte auf den Abgrund.

Ohne zu zögern, setzte Buck zum Sprung an. John bekam ihn gerade noch zu fassen, und Hans und Pete hielten ihn fest, sonst wäre er mit dem Hund in die Tiefe gestürzt.

»Bist du verrückt geworden?!« schrie Hans.

»Vielleicht«, sagte John. »Aber ist es nicht wunderbar? Buck ist der treuste und ergebenste Hund, den ich je besessen habe!«

»Ja, er liebt dich bis zum Wahnsinn«, meinte Pete und fügte hinzu: »Ich möchte keinem raten, dich anzugreifen, wenn Buck in der Nähe ist!«

BUCK RETTET SEINEM HERRN DAS LEBEN

Petes Vorahnung sollte sich in Circle City erfüllen.

Als sie in der ruhigen kleinen Stadt ankamen, gingen Thornton und seine Freunde in den Saloon, um sich nach der mühevollen Reise zu stärken.

Dort trafen sie den schwarzen Burton, einen Goldsucher. Er war ein streitsüchtiger, jähzorniger Kerl, der immer Lust auf eine Rauferei hatte.

Als John und seine Freunde eintraten, hatte er gerade mit einem Bergmann Streit angefangen. Thornton, der ein gutherziger Mann war, versuchte, Frieden zu stiften. Buck lag wie gewöhnlich in einer Ecke, den Kopf auf den Pfoten, und folgte mit den Augen jeder Bewegung seines Herrn.

Plötzlich schlug Burton von hinten auf John ein, so daß er taumelte und sich an der Theke festhalten mußte.

Da warf sie Buck mit einem großartigen Sprung auf Burton und versuchte, ihn in den Hals zu beißen.

Mit Schreien und Stockhieben vertrieben die Leute Buck.

Eine Goldsucherversammlung wurde einberufen, um den Fall zu beurteilen. Man entschied, daß Buck zu Recht seinen Herrn verteidigt hatte.

Von da an war Buck in ganz Alaska berühmt. Alle bewunderten seinen großen Mut und seine Treue zu seinem geliebten Herrn . . . Doch Buck standen noch weitere Abenteuer bevor.

Im folgenden Herbst sollte er seinem Herrn noch einmal das Leben retten.

John, Pete und Hans reisten mit einem Boot den Vierzigmeilenfluß hinauf.

In einem besonders schwierigen Abschnitt, wo das Wasser in einer engen Schlucht dahinbrauste, war nur John auf dem Boot geblieben. Seine Gefährten zogen es vom Ufer aus an einem langen Seil flußaufwärts.

Buck ging unruhig am Ufer auf und ab und ließ seinen Herrn nicht aus den Augen.

Plötzlich begann das Boot mit irrsinniger Geschwindigkeit in der Strömung flußabwärts zu schießen, und als Hans, um es zu bremsen, heftig am Seil riß, kippte es um und stieß an einen Felsen.

John wurde ins Wasser geschleudert. Sofort sprang Buck ihm nach, schwamm zu ihm, und als er spürte, wie die Hände seines Herrn ihn von hinten umfaßten, versuchte er, das Ufer zu erreichen.

Doch die Strömung war zu stark. Mensch und Hund wurden flußabwärts gerissen, auf die gefährlichen Stromschnellen zu.

John konnte sich gerade noch an einen Felsen klammern; von dort aus schrie er gegen das Getöse des Wassers an: »Vorwärts, Buck!«

Mit seiner ungeheuren Kraft schwamm Buck ans Ufer. Hans und Pete zogen ihn an Land.

Verzweifelt klammerte sich John an den glitschigen Felsen. Unter ihm drohten die Stromschnellen.

Nur noch wenige Minuten, und er würde der Macht der Strömung nicht mehr widerstehen können.

»Schnell, Hans! Tun wir doch etwas!« schrie Pete.

Von Buck gefolgt, liefen sie das Ufer hinauf. Dann banden sie ein Seil um Nacken und Schultern des Hundes und feuerten ihn an: »Los, Buck! Schwimm zu deinem Herrn!«

Sofort stürzte der Hund sich ins Wasser. Mutig kämpfte er gegen die Gewalt des Flusses an, und durch äußerste Anspannung seiner Kräfte gelang es ihm, John zu erreichen.

Mit Hilfe des Seils zogen Hans und Pete die beiden ans Ufer.

John war halb erstickt, zerschlagen und nach der überstandenen Gefahr wie betäubt.

Buck lag regungslos am Ufer. Pete und Hans versuchten, ihn das Wasser erbrechen zu lassen, das er geschluckt hatte, doch das Tier war zu entkräftet und benommen, zerschunden von den spitzen Felsenriffen.

Nig und Skeet standen bei ihrem Freund, leckten ihm die triefendnasse Schnauze, die geschlossenen Augen und winselten leise.

Buck atmete mit Mühe.

John, der selbst verletzt war, untersuchte seinen Hund und stellte fest, daß er sich drei Rippen gebrochen hatte.

»Wir müssen hier bleiben, bis Buck wieder gesund ist«, sagte John und umarmte ihn. »Nichts ist wichtiger als mein Hund.«

Buck verstand, was er sagte, und eine große Freude erfüllte sein Herz. Sie lagerten so lange, bis Bucks Gesundheitszustand wieder vollständig hergestellt war.

Kurze Zeit später sollte Buck durch eine Tat, die ihn zum berühmtesten Hund Alaskas machte und John unverhofften Reichtum bescherte, noch einmal seine große Liebe und Treue zu John beweisen.

Die Kraftprobe

Es war Winter in Dawson. Im Saloon trafen sich wie immer Pioniere, Goldsucher, Reisende, Bergleute, Trapper, und alle sprachen von Gold, von Geld, Fahrten und Hunden.

»Mein Hund«, sagte einer, »ist großartig: Er kann einen Schlitten mit einer Ladung von 500 Pfund ziehen!«

»Na wenn schon«, meinte ein anderer, »meiner zieht 700!« Da mischte John sich ins Gespräch.

»Was wollen Sie! Mein Buck kann 1 000 Pfund ziehen.« Ein Mann namens Matthewson fragte ungläubig:

»1 000 Pfund? Wie denn? Startet er damit? Und wie weit kommt er? Etwa 100 Meter?«

»Natürlich, er startet und zieht den Schlitten 100 Meter«, erwiderte John. Die anderen schwiegen. Matthewson zog sein dickes Portemonnaie aus der Tasche, nahm zehn Hundertdollarscheine heraus und sagte langsam:

»Gut, ich wette 1 000 Dollar, daß Ihr Hund es nicht schafft. Hier sind sie.«

John fühlte, wie ihm heiß wurde. Das war eine Herausforderung . . . aber er besaß keine 1 000 Dollar . . . und er hatte unüberlegt gesprochen, nur um mit Bucks Stärke zu prahlen.

1 000 Pfund, eine halbe Tonne, 500 Kilogramm! Was sollte er denn nur tun?

»Draußen steht mein Schlitten. Er ist mit Mehlsäcken beladen, die zusammen 1 000 Pfund wiegen«, sagte Matthewson.

»Was meinen Sie, Thornton? Sind Sie einverstanden . . . oder haben Sie es sich anders überlegt?«

Errötend sagte John: »Nein, es bleibt dabei!«

Alle gingen vor die Tür. Der hoch beladene Schlitten stand im Schnee, als wäre er dort festgewachsen.

Um ihn von der Stelle zu bewegen, hätte man zehn Hunde gebraucht. Das wußten alle, auch John.

Vielleicht würde diese Kraftprobe ihn ruinieren . . .

Unterdessen begannen die Leute, Wetten abzuschließen, und nur wenige setzten auf Buck.

Doch als man ihn herführte und vor den Schlitten spannte, war ein Raunen der Bewunderung zu hören.

Noch nie hatte man hier im Norden einen so schönen, großen und starken Hund gesehen!

»Hören Sie, Thornton«, sagte jemand, »Wette hin oder her, ich biete Ihnen 800 Dollar für den Hund!«

»Nichts zu machen«, antwortete John entschieden. Gleich würde die Probe beginnen.

John nahm Bucks Kopf zwischen seine Hände und flüsterte ihm ins Ohr, was er tun sollte.

Erstaunt beobachteten die Umstehenden dieses Zwiegespräch. John lächelte, er fühlte sich zuversichtlich. Dann trat er zurück und sagte:

»Komm, Buck!« Der Hund bereitete sich auf den Start vor. Gebannt schwiegen die Zuschauer.

»Los!« Buck warf sich nach rechts und blieb gleich wieder stehen. Der Schlitten zitterte. Dann ein heftiger Ruck nach links. Mit diesem Manöver hatte Buck den Schlitten losgebrochen.

Jetzt hielten alle den Atem an. »Hü!«

Buck spannte seine mächtigen Muskeln und begann mit all seiner unbändigen Kraft zu ziehen. Der Schlitten bewegte sich nicht. Er bebte nochmals, weiter nichts.

Buck scharrte mit seinen eisernen Klauen im Schnee ... immer noch nichts. Noch ein Ruck, noch einer ...

Wieder zog Buck an ... da, der Schlitten schien sich zu bewegen. War es eine Sinnestäuschung?

»Schaut nur! Der Schlitten fährt!« schrie jemand.

Tatsächlich, der Schlitten war ins Gleiten gekommen. Ganz langsam zog Buck ihn 100 Meter weit. Begeistert klatschten die

Zuschauer Beifall, tobten vor Begeisterung. Pelzmützen flogen in die Luft.

Matthewson gab sich geschlagen und zahlte John die 1 000 Dollar aus. Doch statt das Geld zu zählen, ging John zu Buck und streichelte ihn.

Gerührt und voll Bewunderung schauten die Leute ihnen zu.

DIE GOLDMINE

Mit dem Geld, das Buck unverhofft in wenigen Minuten für seinen Herrn verdient hatte, konnte John alle seine Schulden bezahlen. Und endlich konnte er die Reise in den Osten planen, an die er schon so lange gedacht hatte. Bis jetzt hatte er sie noch nicht durchführen können, da die nötigen Mittel fehlten.

Plötzlich hatten sie genug Geld . . .

»Jetzt suchen wir die verlassene Goldmine. Irgendwo im Osten liegt sie. Ich sage euch, dort wartet ein Schatz auf uns!«

»Bist du sicher, John?«

»Ganz sicher! Ein alter Goldsucher hat es mir auf dem Totenbett geschworen. Und wer im Sterben liegt, erzählt bestimmt keine Lügengeschichten!«

Tatsächlich sprach man im Dorf von einer Goldmine, die im Osten liegen und so schwer zu finden sein sollte, daß viele ihre Existenz für eine Legende hielten. Von den Männern, die sich auf die Suche nach ihr gemacht hatten, waren viele nicht mehr zurückgekehrt.

Niemand wußte zu sagen, wer sie als erste entdeckt hatte. Aber man erzählte sich von einem Goldwäscher, der sein ganzes Leben in einer Hütte neben einer Goldader verbracht hatte. Ein tiefes Geheimnis umgab diese Goldmine.

Mit Buck und sechs weiteren Hunden begaben sich John und seine Freunde auf die Reise. Immer mehr entfernten sie sich von den bewohnten Landstrichen. Sie wanderten auf die einsame Wildnis zu, in die grenzenlosen, menschenleeren Gebiete jenseits der von Gletschern gekrönten Berge Alaskas.

Die drei Männer, die an entbehrungsreiche Wanderungen gewöhnt waren, führten nur wenig Proviant mit sich. Das Fleisch, das sie brauchten, würden sie sich in den wildreichen Wäldern erjagen.

Für Buck war diese Fahrt ein herrliches Vergnügen. Auch er ging auf die Jagd, und mit der Zeit lernte er sogar, in den Gebirgsbächen zu fischen . . .

Er stemmte sich mit seinen vier Beinen gegen die Strömung, und wenn eine große Forelle vorbeischnellte, betäubte er sie mit einem Schlag seiner Pfote und fraß sie dann in aller Ruhe am Ufer.

Natürlich zog er den Schlitten und führte das Gespann. Am Abend legte er sich glücklich neben John am Feuer schlafen.

Vom Ende des Winters bis zum Sommer streiften die drei Männer durch Gebirge und Wälder.

Sie sahen Flüsse und Seen, denen noch niemand einen Namen gegeben hatte, und überschritten Gebirgspässe, auf denen unaufhörlich der Wind tobte. Dann stiegen sie ab in düstere Täler, durchquerten Sumpfgebiete voller Mücken. Als der Herbst anbrach, der Himmel immer grauer wurde und eisige Windböen sie schaudern ließen, betraten sie eine neue, weite Landschaft, übersät von glitzernden Seen.

Doch auch hier fanden sie keine Spur von der sagenhaften Goldmine oder der Hütte, die neben ihr stehen sollte. Den ganzen Winter über durchstreiften sie das Gelände, ohne fündig zu werden.

EIN TAL VOLLER GOLD

Als der Frühling kam, wurde ihre Ausdauer belohnt.

Zwar fanden sie weder die verlassene Goldmine noch die Hütte. Aber

sie stießen auf Gold. Sie entdeckten es in einem Tal, in dem ein Bächlein murmelte. Wenn sie ihre Schüsseln mit Sand füllten und ihn mit gleichmäßigen Bewegungen vom Wasser wegspülen ließen, blieb eine dicke gelbe Schicht zurück: Gold! Es war unnötig, weiterzusuchen: Hier lag ihre Goldmine. Die drei Freunde schlugen ein Lager auf und machten sich an die Arbeit.

Jeden Tag häuften sie Staub und Goldkörner im Wert von einigen tausend Dollar an. Es war ein unermeßlicher Reichtum!

Im Laufe von ein paar Monaten konnten John, Pete und Hans vor der Hütte, die sie sich gebaut hatten, viele prall mit Gold gefüllte Säcke aus Elchhaut aufstapeln.

Die Hunde führten unterdessen ein müßiges Leben. Sie mußten lediglich helfen, die Jagdbeute zum Lager zu tragen. Viele Stunden lag Buck am Feuer und sah in die Flammen . . .

Und gerade in solchen von Frieden und Wärme erfüllten Augenblicken drang wieder der ferne Ruf zu ihm wie eine Stimme.

Dann hörte Buck auf, ins Feuer zu schauen, und wandte den Kopf zum Wald. Ja, von dorther kam die Stimme . . .

Und Buck lief in den Wald, streifte schweigend unter den hohen Bäumen umher, lief vorsichtig und wachsam über Wiesen und Moos.

Zwischen Baumstämmen und Gesträuch suchte er die geheimnisvolle Stimme; er ließ sich im Moos nieder und wartete auf sie. Niemand begegnete ihm außer den Bewohnern des Waldes, Vögeln und Eichhörnchen . . .

Immer tiefer drang er ins Herz des grenzenlosen Waldgebietes vor. Doch am Abend kehrte er stets ins Lager zurück. Eines Nachts fuhr er hoch und hörte ein Heulen. Es war die Stimme eines Hundes, der nach ihm zu rufen schien. Einen Augenblick lang zögerte Buck noch, von Ungewißheit erfüllt, dann lief er in den Wald.

Dem Geheul folgend, kam er auf eine Lichtung. Dort blieb er stehen.

Da war ein Wolf ... Kaum hatte er Buck gewittert, hörte er zu heulen auf und begab sich in Verteidigungsstellung. Langsam ging Buck auf ihn zu ... Der Wolf floh ins Unterholz. An einem Bachbett holte Buck ihn ein. Mit gefletschten Zähnen und flammenden Augen wandte das Tier sich um, kampfbereit ...

Buck griff ihn nicht an. Er spürte, daß dieser Hund ihm nicht feindlich gegenüberstand. Endlich beschnüffelten sich die beiden, und um ihre Freundschaft zu besiegeln, begannen sie miteinander zu spielen und sich im Moos zu wälzen.

Stundenlang liefen die beiden Tiere durch den Wald. An einem Bach blieb der Wolf stehen, um zu trinken.

Da mußte Buck plötzlich an John Thornton denken. Ein Zwiespalt tat sich in seiner Seele auf.

Einerseits lockte ihn das freie Leben, andererseits die Liebe zu seinem Herrn. Doch als sein wilder Bruder weiterlaufen wollte, blieb Buck stehen.

Wenig später kam der Wolf zu ihm zurück, beschnupperte ihn und rieb seine Nase an der Bucks, als wollte er ihn einladen, mit ihm weiterzuziehen. Doch plötzlich kehrte Buck ihm den Rücken.

Noch eine Stunde lang lief der Wolf neben ihm her, wie um ihn zu überzeugen, mit ihm zu gehen.

Doch Buck blieb standhaft, und endlich mußte der andere nachgeben. Er hielt an und heulte kummervoll.

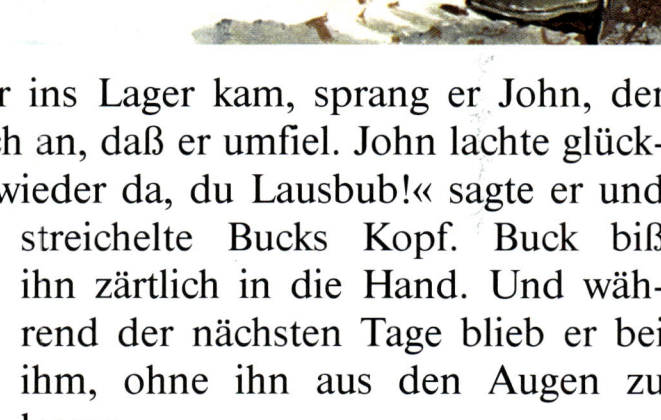

Buck lief weiter, bis er die Klage seines wilden Bruders nicht mehr hören konnte. Bald vergaß er ihn. Als er ins Lager kam, sprang er John, der gerade beim Essen saß, so überschwenglich an, daß er umfiel. John lachte glücklich und umarmte ihn. »Endlich bist du wieder da, du Lausbub!« sagte er und streichelte Bucks Kopf. Buck biß ihn zärtlich in die Hand. Und während der nächsten Tage blieb er bei ihm, ohne ihn aus den Augen zu lassen.

Am dritten Tag vernahm er wieder den Ruf. Buck erinnerte sich an seinen wilden Bruder und spürte plötzlich eine unbändige Sehnsucht . . .

Er lief in den Wald, um ihn zu suchen. Doch diesmal fand er ihn nicht. Einsam jagte er Kaninchen, fischte Lachse und genoß das ungebundene Leben.

DER KAMPF

Später traf er auf ein Tier, wie er es noch nie gesehen hatte: Es war ein großer, schwarzer Bär. Buck, der eine wilde, grausame Jagdlust in sich brennen fühlte, griff ihn an.

Nach einem schrecklichen Kampf konnte der Hund endlich das Siegesgeheul anstimmen.

Er war auf den Geschmack des Blutes gekommen und empfand immer stärker, daß er ein Raubtier war. Die Natur hatte ihm Kraft, List, Klugheit und Wildheit geschenkt. Als es Herbst wurde, begegnete er einer Elchherde, die von den Bergen herabkam. Der Leitbulle hatte ein riesiges Geweih und mächtige Hufe.

Buck wußte, daß er mit diesem Elch niemals in einer direkten Auseinandersetzung fertig werden konnte. So versuchte er, ihn zu ermüden.

Kläffend näherte er sich dem Bullen und schlug die jüngeren Tiere in die Flucht. Auf diese Weise trennte er das alte Tier von der Herde.

Er griff ihn an, ohne ihn wirklich verletzen zu können, und ließ keinen Augenblick von ihm ab.

Zunächst versuchten die anderen Elche, ihrem Leitbullen zu helfen. Doch der Winter stand vor der Tür, und sie durften auf ihrer Wanderung nicht zuviel Zeit verlieren.

So ließen sie das alte Tier zurück. Buck hielt an seiner grausamen Taktik fest. Er ließ den Elch nicht schlafen und sprang ihn an, wenn er äsen wollte.

Nicht einmal trinken durfte er. Immer wieder mußte der Elch im Galopp fliehen, und geduldig wartete Buck ab, bis seine Beine müde wurden.

Dann holte er ihn schnell ein und begann von neuem, ihn zu quälen.

Am Abend des vierten Tages riß er ihn nieder. Dann blieb er einen ganzen Tag bei dem toten Tier. Er fraß und ruhte sich aus.

Endlich machte er sich zufrieden auf den Weg nach Hause. Denn

er hatte Sehnsucht nach John Thornton . . .

Je näher er dem Lager kam, desto stärker überkam ihn Unruhe. Die aufgeregten Rufe der Vögel auf den Bäumen und andere seltsame Stimmen und Geräusche im Wald ließen ihn Böses ahnen.

Als er den letzten Gebirgspaß überschritten hatte, ging er deshalb mit äußerster Vorsicht auf das Lager zu, das jetzt ganz nahe war.

Plötzlich witterte er die Anwesenheit fremder Menschen. Die Fährte führte geradewegs in Johns Lager. Voller Schrecken begann Buck zu rennen.

DAS ZERSTÖRTE LAGER

Während er näher kam, wurde es immer stiller im Wald. Weder Vogelgesang noch das Quaken der Frösche waren zu vernehmen.

Es schien, als hätten sich die Tiere voller Angst versteckt. Deutlich und furchtbar nahm Buck den Geruch des Todes wahr. Im Gebüsch lag Nig.

Er war tot, ein Pfeil hatte ihn getroffen. Wenig später stieß Buck auf einen anderen, von einem Tomahawk niedergestreckten Hund.

Vom Lager her hörte er Stimmen, Geräusche, ein Lied. Durch das Dickicht blickte er zur Hütte . . . und sah am Rande der Lichtung Hans, dessen Körper von Pfeilen übersät war.

Ein schreckliches Geheul drang aus der Kehle des Hundes. Dann

bemerkte er das Feuer und Schatten, die um die Flammen herumtanzten.

Die Yeehats-Indianer hatten das Lager angegriffen und die drei Goldsucher getötet.

Mitten in ihrer Siegesfeier sahen sie mit Entsetzen, wie ein riesiger grauer Schatten sich auf sie stürzte. Ihr Gesang verwandelte sich in Angstschreie, die von Bucks wildem Geheul übertönt wurden.

Wie ein wütender Orkan sprang er einen Indianer an, zerfleischte ihm blitzschnell den Hals und ließ ihn blutüberströmt zu Boden fallen. Dann warf er sich auf den nächsten . . .

Seine scharfen Reißzähne zerfleischten und zerfetzten. Vergeblich suchten die Indianer sich zu verteidigen. Buck sprang zwischen ihren Pfeilen herum, als sei er unverletzbar, und tötete einen nach dem anderen.

»Es ist ein böser Geist!« schrien die, die fliehen konnten. Buck ließ von ihrer Verfolgung ab und schaute sich im Lager um. Pete war im Bett niedergemetzelt worden. John war nicht zu sehen, doch Buck folgte seinen Spuren bis ans Ufer eines tiefen Weihers. Dort lag die liebe, treue Skeet.

John Thornton hatte sich bis zuletzt verteidigt, und das Wasser des Weihers mußte seinen Körper verbergen.

Den nächsten Tag verbrachte Buck, traurig und verstört, bald im Lager, bald am Weiher. Er wußte, daß sein Herr tot war.

Buck fühlte eine große Leere in sich, ein Gefühl wie rasenden, schmerzhaften Hunger.

Als die Nacht anbrach und der Mond leuchtend am Himmel stand, legte Buck sich am Ufer des Weihers nieder, der Johns trauriges Grab war.

Die Zeit, die er dort blieb, schien ihm unendlich.

Dann vernahm er in der Stille des Waldes ein verdächtiges Geräusch. Jemand näherte sich. Buck stand auf und sträubte das Fell, zum Kampf bereit. Er warf einen Blick auf den ruhigen Spiegel des Wassers.

John, sein geliebter Herr, der ihm alles bedeutet hatte, war nun unerreichbar fern.

Nichts verband ihn mehr mit den Menschen und ihrer Welt. Der geheimnisvolle Ruf, die Verlockung des freien, wilden Lebens, war stärker denn je.

Mit großen Sprüngen lief er durch den Wald. Auf der Lichtung blieb er stehen und lauschte. Er mußte nicht lange warten.

Ein Wolfsrudel, das den wandernden Elchen folgte, trat aus dem verschneiten Wald.

Regungslos stand Buck im Mondlicht.

Die Wölfe schwiegen. Plötzlich blieben sie stehen.

Dann fuhr der Mutigste knurrend auf den fremden Hund los . . . Mit einem Biß seiner schrecklichen Reißzähne brach Buck ihm den Hals, dann stand er wieder regungslos da, bereit, es mit dem nächsten Angreifer aufzunehmen.

Wieder sprang ein Wolf ihn an.

Buck verletzte ihn und danach noch weitere Tiere.

Da stürzte sich das ganze Rudel auf den Hund. Bucks wunderbare Gewandtheit wurde auf eine harte Probe gestellt.

BEI DEN WÖLFEN

Buck drehte sich auf seinen Hinterläufen hin und her und teilte nach allen Seiten Bisse und Pfotenhiebe aus.

Damit ihn die Wölfe nicht von hinten anfallen konnten, wich er am Bach entlang zurück, bis er einen geröllbedeckten Hang im Rücken hatte.

Dort hatten die Goldwäscher eine Art Nische gegraben, die ihm den Rücken deckte.

Darin konnte er sich so gut gegen die Wölfe zur Wehr setzen, daß diese nach einer halben Stunde vergeblicher Attacken erstaunt einhielten. Vor Erschöpfung hing ihnen die Zunge heraus, und ihre weißen Reißzähne glänzten im Mondlicht.

Einige Tiere tranken im Bach, andere legten sich nieder, mit erho-

benem Kopf und gespitzten Ohren. Sie ließen Buck nicht aus den Augen und beobachteten jede seiner Bewegungen.

In ihren Blicken war dieselbe Frage zu lesen: Was war das nur für ein Tier, das sie nicht fürchtete?

In der plötzlichen Ruhe, die nach all dem Knurren und Heulen eingetreten war, trat ein Wolf leise winselnd vor und näherte sich Buck freundlich. Buck erkannte ihn sofort: Es war sein wilder Bruder, mit dem er so lange durch den Wald gelaufen war.

Die beiden Freunde rieben ihre Nasen aneinander.

Ein alter, klapperdürrer Wolf kam heran, der einst das Leittier des Rudels gewesen sein mußte.

Buck beschnüffelte ihn vorsichtig. Da legte der Alte sich nieder, reckte die Schnauze zum Mond und begann zu heulen.

Buck schauderte ... Da, das war der Ruf! Es war die geheimnisvolle Stimme, die er so oft vernommen hatte!

Als das Rudel wenig später aufbrach, folgte er ihm. Sein Geschick hatte sich entschieden.

DER GEISTERHUND

Hier endet Bucks Geschichte.

Einige Jahre später beobachteten die Yeehats unter den Wölfen, die in den Wäldern lebten, Tiere, die anders aussahen als die übrigen.

Es waren Wölfe mit braunen Flecken auf Stirn und Schnauze und einem weißen Mal auf der Brust.

Und an der Spitze des Rudels sah man zuweilen einen riesigen, mächtigen braunen Hund. Die Indianer fürchteten ihn sehr, denn er war viel schlauer, kühner und schrecklicher als die Wölfe. Man raunte, er sei ein Geisterhund.

Derselbe, der in jener Nacht im Lager der drei weißen Männer so viele Krieger getötet hatte ...

Nachts drang dieser Hund in die Zeltlager der Indianer ein, stahl die Vorräte und leerte die Fallen. Vor den Menschen und ihren Pfeilen hatte er keine Angst.

Manchmal geschah es, daß verwegene Krieger, die sich tief in den Wald gewagt hatten, nicht mehr zurückkehrten. Einige fand man zerfleischt, mit aufgerissener Kehle.

Im Herbst, wenn die Indianer den wandernden Elchen folgten, mieden sie ein bestimmtes Tal, denn sie wußten, daß der Geisterhund es mit Vorliebe aufsuchte . . .

Es war das Tal, in dem Jahre zuvor drei weiße Männer ihr Leben gelassen hatten. Im Sommer aber kommt jemand in dieses Tal. Kein Mensch, sondern ein großes Tier mit herrlichem Fell.

Einsam taucht es aus dem Wald auf, läuft an den Resten einer Hütte vorbei und läßt sich am Rande eines stillen Weihers nieder.

Lange Zeit bleibt dieses prächtige Tier dort liegen.

Bevor es den Platz verläßt, stößt es ein durchdringendes, klagendes Heulen aus.

Ein Heulen, das traurig und zornig zugleich klingt.

Danach kehrt das Tier langsam in den Wald zurück.

Wenn der Winter mit seinen langen, vom Mond erhellten Nächten kommt, läuft der große Leitwolf an der Spitze seines Rudels, mit gewandten, majestätischen Sprüngen.

Dann reckt er den Kopf zum Himmel und stimmt ein Lied an, das wilde, uralte Lied der Wölfe.

Den Ruf der Wildnis.

ENDE

INHALT

Im Auftrag hergestellte Sonderausgabe
Aus dem Italienischen von Lucia Eppelsheim
Originaltitel »Il richiamo della foresta«, erschienen in der Reihe »Alla
scoperta dei Grandi Classici« bei Dami Editore, Mailand
Illustrationen von Libico Maraja
Bearbeitung von S. Pazienza
Copyright © 1991 by Dami Editore, Milano
Copyright © der deutschsprachigen Ausgabe 1992 by Tosa Verlag, Wien
Printed in Italy